Aux contes d'ici, d'ailleurs, d'hier et d'aujourd'hui...
et à leurs auteurs qui m'ont souvent ravie !
OL

À tous les petits cochons, les poulettes, les chevreaux
et autres Chaperons qui ont encore peur du loup...
ET

Le loup
qui découvrait le pays des contes

Texte de Orianne Lallemand
Illustrations de Éléonore Thuillier

AUZOU

Quand Loup se réveilla ce matin-là, le soleil brillait haut dans le ciel. C'était un temps parfait pour le grand Goûter du Printemps, qui aurait lieu l'après-midi même dans la forêt.

« Cette année, pour le Goûter, je vais faire un gâteau aux pommes, décida Loup. Le souci, c'est que je ne sais pas cuisiner. »

Loup prit un panier et sortit. Dans la forêt, il trouverait bien quelqu'un pour l'aider !

Loup marcha longtemps sans rencontrer personne.
Enfin, au détour d'un sentier, il tomba nez à nez avec
trois petits cochons qui construisaient leurs maisons.

« Au secours ! Le loup ! hurlèrent les cochonnets.
Il va nous dévorer !

— Dévorer de mignons petits cochons ?
Mais pas du tout ! s'exclama Loup, horrifié.

— Alors tu vas souffler, souffler, et nos maisons
vont s'envoler !

— N'importe quoi ! Moi, ce que je voudrais, c'est cuisiner
un gâteau aux pommes, mais je ne sais pas comment faire... »

Étonnés, les trois petits cochons se regardèrent.

« Et si on lui donnait la recette de Tatie Rosette ?

Son gâteau aux pommes est le meilleur de la planète !

– D'accord, fit le plus sage des petits cochons, mais à une condition : qu'il nous aide à finir nos maisons ! »

Loup se mit gaiement au travail.
Quand il reprit la route, il était courbatu,
mais il avait la recette de Tatie Rosette. Il ne lui
restait plus qu'à rassembler les ingrédients :
de la farine, du beurre, des œufs, du sucre
et des pommes bien entendu.

Tout en avançant, Loup pensait à son gâteau :
moelleux, fondant, sucré, mmm... délicieux !
Il en avait l'eau à la bouche.
« D'abord il me faut de la farine, fit Loup.
Et si je demandais ici ? »

Toc, toc, toc ! Doucement la porte s'ouvrit
et sept mignons chevreaux pointèrent leurs museaux.

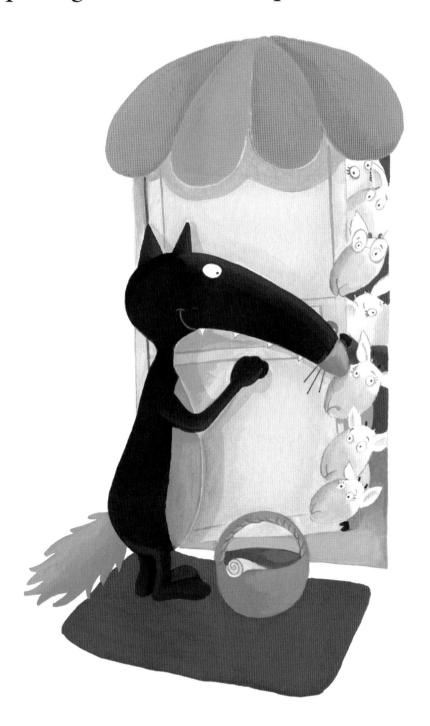

Loup s'avança et **VLAN !** quelqu'un l'assomma.

Quand il rouvrit les yeux, Loup était ligoté et il avait très mal à la tête.

« Alors le loup, on se croit encore le plus fort ? gronda la maman chèvre.

– Certainement pas ! protesta Loup. Je voudrais de la farine, c'est tout.

– De la farine pour montrer patte blanche et dévorer mes chevreaux !

– Euh… non, bredouilla Loup, de la farine pour faire un gâteau. »

Par chance, la chèvre adorait
cuisiner. En échange de
la recette de Tatie Rosette,
elle donna à Loup de la farine...

... et **HOP !** le jeta dehors.

Loup reprit son chemin en grommelant. Il ne pensait pas que faire un gâteau serait aussi compliqué. Il bougonnait encore lorsqu'il entendit quelqu'un chanter. C'était une petite fille tout de rouge vêtue, qui cueillait des fleurs.

« Hé toi ! Je te connais ! cria la petite fille. Tu es le loup ! »

Loup soupira : voilà que cela recommençait.

« N'aie pas peur, je ne vais pas te dévorer, fit-il de sa voix la plus douce.

— Ça c'est sûr, fit la petite en haussant les épaules, tu n'as pas l'air
bien méchant ! »

Soulagé, Loup s'assit dans l'herbe près du Petit Chaperon rouge.
Et tandis qu'ils partageaient un morceau de galette,
il lui parla de la recette de Tatie Rosette.
« Si tu joues avec moi, je te donnerai mon petit pot de beurre
pour ton gâteau », lui proposa la fillette.

« Pauvre poulette, pensa Loup, je ne peux pas la laisser se faire croquer. »
Sans bruit, il descendit de son perchoir et suivit le renard.

Profitant que le renard s'était endormi, Loup s'approcha
et délivra la poule. « Pauvre de moi ! gémit-elle,
échapper au renard pour finir dans la gueule du loup...

— Rassure-toi, je ne vais pas te manger, lui promit Loup.
Allez cocotte, filons d'ici ! »

Pour remercier Loup, la petite poule rousse proposa de lui tricoter
une culotte qui ferait de lui le plus coquet des loups de la forêt.
« Euh, non merci, fit Loup, je préférerais quelques bons œufs frais. »

Loup se remit en route. Apparut alors devant ses yeux ébahis une jolie maisonnette toute de pain d'épices, de sucre et de biscuits.
« Voilà qui tombe bien, se réjouit Loup en détachant un morceau de gouttière, j'ai besoin de sucre pour ma recette. »
Aussitôt la porte s'ouvrit et une affreuse sorcière surgit.

« **Cric, crac, croc !** Qui grignote mon logis ? grogna-t-elle. Un loup ? Pouah ! Je vais le transformer en poulet, ce sera meilleur à manger.

— Certainement pas ! » cria Loup terrorisé, et il se carapata.

Loup courut, courut, la sorcière à ses trousses. À bout de souffle, il arriva devant une chaumière et s'y engouffra.

« Bonjour mon ami, le salua Blanche-Neige. Qui te poursuit ?
— Une sorcière ! paniqua Loup. Elle veut me transformer en poulet !
— N'aie crainte, elle ne te trouvera pas ici. Repose-toi près de la cheminée, tu sembles épuisé. »
Reconnaissant, Loup s'assit et aussitôt il s'assoupit !

Au réveil, Loup raconta à
Blanche-Neige toute son histoire :
le Goûter, la recette de Tatie
Rosette, et toutes ces choses
bizarres qui lui étaient arrivées.

« C'est parce que tu es dans la forêt des Contes ! lui expliqua la jeune fille. D'ailleurs, voici de belles pommes pour ton gâteau. »

Loup regarda les magnifiques pommes rouges avec inquiétude.
« Promis, la méchante reine ne les a pas touchées », rit Blanche-Neige.
Loup la remercia, rassuré.

Blanche-Neige conduisit alors Loup devant son miroir :
« Miroir, mon beau miroir, dis-moi qui est le plus chou des loups ?
– C'est Loup le plus chou ! fit le miroir, amusé. Et si on le gardait avec nous ?

— Non, cher miroir, répondit Blanche-Neige, renvoie-le vite dans sa forêt. Mais avant... »

Et Blanche-Neige déposa un doux baiser sur le museau de Loup. Qui se sentit rougir, partir, rougir, partir...

Loup secoua la tête, tout étourdi. Il était de retour chez lui !
À ses pieds, son panier était bien rempli.
« Youpi ! J'ai tout ce qu'il faut pour préparer mon gâteau.
Vite ! Aux fourneaux ! »

Dans sa cuisine, Loup suivit à la lettre la recette de Tatie Rosette :
il coupa, versa, mélangea... Lorsque tout fut terminé, son gâteau
était gonflé et doré à souhait ! C'est alors que : **toc ! toc ! toc !**
on frappa à sa porte.

« Salut mon chou, fit Mère-Grand,
on est venu pour le Goûter ! »

C'était l'heure du Goûter. Autour de la table, les amis
de Loup étaient déjà installés, impatients de se régaler.
« Ah, te voilà enfin ! s'exclama Valentin.
Que nous as-tu donc amené ?
– Le gâteau aux pommes de Tatie Rosette,
fit Loup. Et aussi quelques nouveaux amis... »

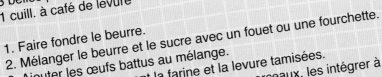

Le gâteau aux pommes de Tatie Rosette

125 g de farine
125 g de beurre demi-sel
125 g de sucre
3 œufs frais
3 belles pommes
1 cuill. à café de levure

1. Faire fondre le beurre.
2. Mélanger le beurre et le sucre avec un fouet ou une fourchette.
3. Ajouter les œufs battus au mélange.
4. Incorporer doucement la farine et la levure tamisées.
5. Peler et couper les pommes en petits morceaux, les intégrer à la pâte à gâteau.
6. Verser le tout dans un moule beurré.
7. Faire cuire à 180 °C pendant 40 min.

Direction générale : Gauthier Auzou
Responsable éditoriale : Laura Levy
Maquette : Annaïs Tassone
Fabrication : Nicolas Legoll
Relecture : Lise Cornacchia

© 2014, Éditions Auzou
Droits de traduction et de reproduction réservés pour tous pays.
Loi n° 49-956 du 16 juillet 1949 sur les publications destinées à la jeunesse.
Dépôt légal : août 2014
ISBN : 978-2-7338-3044-4

www.auzou.fr

 Rejoignez-nous sur Facebook et suivez l'actualité des Éditions Auzou.
www.facebook.com/auzoujeunesse

Retrouvez la collection des « p'tits albums » en format souple

Renard et les trois œufs

Moustache ne se laisse pas faire

Octave ne veut pas grandir

Roucoule est amoureuse

Petite taupe ouvre-moi ta porte !

Zafo le petit pirate !

Le loup qui voulait changer de couleur

La chauve-souris et l'étoile

Croquette devient grand frère

Armande la vache qui n'aimait pas ses taches !

Berlingot est un superhéros

Le loup qui s'aimait beaucoup trop

La petite souris et la dent

Rosetta n'est pas cracra !

Petit panda cherche un ami

Sa majesté Léonardo n'en fait qu'à sa tête

Séraphin, le prince des dauphins

Crocky le crocodile a mal aux dents

Robin, le petit écureuil des bois

Mika l'ourson a peur du noir

Martin le pingouin a un nouveau voisin

Le loup qui cherchait une amoureuse

Le loup qui ne voulait plus marcher

Ferdinand le Papa Goéland

Petit Castor reçoit un drôle de cadeau !

Manolo le blaireau se prépare pour l'hiver

Renato aide le Père Noël

Le loup qui voulait être un artiste

Camille veut une nouvelle famille

Chouquette et les Secrets Magiques

Clotilde part en colonie de vacances

Cédric veut être fils unique !

Pipo raconte n'importe quoi !

Le loup qui voyageait dans le temps

Sami le ouistiti, prince d'Amazonie

Le loup qui fêtait son anniversaire

Sami le ouistiti, prince d'Amazonie

La famille Suricate déménage